KB243711

친구야, 안녕!

2007년 11월 12일 초판 1쇄 발행 | 2025년 12월 20일 개정증보판 9쇄 발행

발행인 최종일 **발행처** (주)아이코닉스 **기획** 키즈아이콘
총괄책임 서현수 **편집책임** 박정은 **편집** 장보원 조윤수 김예진 이유진
디자인 김미선 이순영 권혜원 경희정 **제작책임** 신초희 **제작관리** 이수란 김미래 김세미
마케팅책임 김미경 **마케팅** 이창열 서연지 심동수 이경재 이미나 지승한 송호성 이지연
출판등록 2008년 11월 4일(제 2014-000009호) **주소** 경기도 성남시 분당구 판교로 255번길 64
고객 센터 1566-0855 **홈페이지** www.iconix.co.kr
뽀롱뽀롱 뽀로로 ⓒICONIX/OCON//EBS/SKbroadband
ⓒ2020 ICONIX Co., Ltd. All rights reserved. Printed in Korea.

친구야, 안녕!

아기 공룡 크롱에게 새로운 친구가 생겼어요.
크롱은 기분이 정말 좋았어요.
"안녕! 우리 사이좋게 지내자."

부웅~ 부웅~
쪽!
?!

크롱은 원숭이 인형을 비행기에 태우고
이리저리 움직이며 놀았어요.
"슝, 비행기가 날아갑니다!"

그런데 크롱이 원숭이 인형을 망가뜨리고 말았어요.

11

그날 밤, 크롱은 원숭이 인형을 가슴에 안고
슬퍼하다 스르륵 잠이 들었어요.

"크롱, 일어나 봐!"
누군가가 부르는 소리에 크롱이 눈을 떴어요.

눈앞에는 크롱만큼 커진 원숭이 인형이 서 있었어요.
"크롱, 나와 함께 장난감 나라에 가지 않을래?"

크롱이 원숭이 인형의 손을 잡자, 삐로로롱 소리와 함께
다른 인형들만큼 작아졌어요.

15

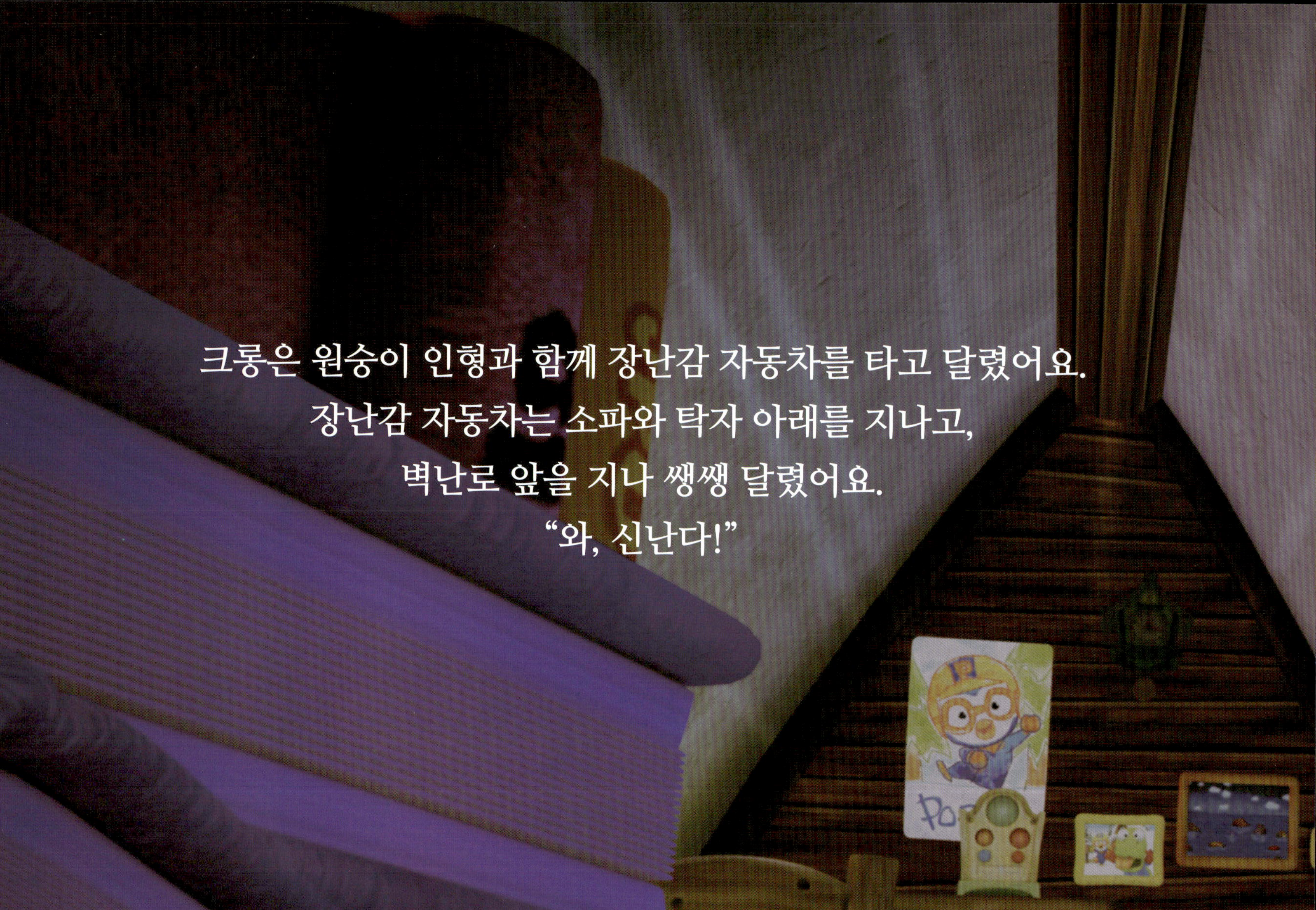
크롱은 원숭이 인형과 함께 장난감 자동차를 타고 달렸어요.
장난감 자동차는 소파와 탁자 아래를 지나고,
벽난로 앞을 지나 쌩쌩 달렸어요.
"와, 신난다!"

HOOOOOOOOOH

이번에는 펭귄 인형이 빨간색 비행기가 있는 곳으로
크롱을 데려갔어요.
"크롱, 비행기를 타 보지 않을래?"

"자, 출발합니다."
크롱과 원숭이 인형을 태운 비행기가
힘찬 엔진 소리를 내며 위로 날아올랐어요.

높이높이 날아오른 비행기는 창문을 넘어
집 밖으로 날아갔어요.
"우아, 우리 집이 조그맣게 보여!"

장난감 비행기는 에디의 집을 지나

패티의 집 위를 날아서

높은 산을 넘어

하얀 구름 위까지 올라갔어요.

신나는 여행을 마친 크롱과 원숭이 인형은
장난감 친구들이 기다리는
집으로 돌아왔어요.
"친구야, 안녕?"
"어서 와."

장난감 나라 구경을 너무 열심히 한 걸까요?
크롱은 갑자기 잠이 쏟아졌어요.

28

"크롱, 안녕! 다음에 또 놀자."

다음 날 아침이 되었어요.
그런데 아무리 찾아도
원숭이 인형이 보이지 않았어요.
"원숭이 인형아, 어디 있니?"

"짜잔, 여기 있지!"
뽀로로가 크롱을 위해 원숭이 인형을 고쳐 놓았네요.

"다시 만나서 반가워, 친구야!"